DAR

HARBOU